知情者

之星辰流转

灵玥————著

中国出版集团

现代出版社

图书在版编目（ＣＩＰ）数据

知情者之星辰流转 / 灵玥著 . -- 北京 ：现代出版
社，2018.1
　ISBN 978-7-5143-6531-3

　Ⅰ．①知… Ⅱ．①灵… Ⅲ．①诗集－中国－当代
Ⅳ．① I227

中国版本图书馆 CIP 数据核字（2018）第 004892 号

知情者之星辰流转

作　　者	灵　玥
责任编辑	杨学庆
出版发行	现代出版社
地　　址	北京市安定门外安华里 504 号
邮政编码	100011
电　　话	010-64267325　010-64245264（兼传真）
网　　址	www.1980xd.com
电子信箱	xiandai@vip.sina.com
印　　刷	三河市南阳印刷有限公司
开　　本	787×1092　1 / 32
印　　张	3.125
版　　次	2018 年 7 月第 1 版　2018 年 7 月第 1 次印刷
书　　号	ISBN 978-7-5143-6531-3
定　　价	39.80 元

在过去的日子里，如果非要找出一件遗憾的事情，
就是没能与诗和舞蹈日夜相伴。

想见你，就拼命往雪场跑，还要借滑雪之名，于是啊，就这么学会了滑雪，喜欢一个美好的人是多么幸运的事。喜欢一个价值观很好的人就会越变越好。

　　昨晚欢快没有得到回应，中午你才回"是呀"。你的简讯回复越来越慢。微博上，去年3月游泳，我坐在水池边，写自带彩虹的心情，那些没你的日子还过得很开心一去不复返。

看一本书，首先关注了它的字数，是我新的习惯。不知道你的坐标，明明先前了解了你的行程，崇礼—北京—西班牙。在你的对话栏，打了的字又删掉，一天 300 遍。

我的金木水火土星都散去了别的地方，今天，没有星星保护我。

此刻晚上 6 点多，你 7 点多，走了 18000 步，
应该是在韩国逛啊逛的。

　　昨日去超市买了很多吃的和果汁，不敢自己开车，找了一起去的姐姐，不好找但还是找到了，定了出发的时间，然后下雪了，下了一下午一整夜，从来没这么担心过天气，从北京到张家口的高速公路封了，我没能在今天开着车去崇礼，没能坐在你楼下的咖啡厅一样的大厅，给你拍张照，说句我来了。

和你对话，我最爱的样子，我信心的方向，
你的话和风一起吹过我脸颊，心照不宣，
你所有回答都是我喜欢的样子，
是可以打败时光、打败距离、打败青春不在场。

我永远记得给你讲出新年愿望的那一天比实现还神奇。

谁是你今天的巧克力，抵御寒风，不觉路长。

夏天到了，如果傍晚适合做梦，愿长路漫漫，和你再见永远
轻松。

　　有一种记忆是，经历的时候我还不知道那是什么，幸好不知的时候也与你一起走过这个城市的街道，一起迎面过夏夜的风。

有些美梦总是要做得漫长而谨慎，有些爱
只有时间能加冕，如果你相信这份感情，并
也允许我相信，便可以愉快地作别，you that
way, we this way.

目录

刚好地铁经过

那年夏天
我收集猫的语言
你的猫两岁
有好看的爪子

那年夏天
你对一座城市的记忆
都是天气
就在刚刚
我看了猫的海报
谁喜欢猫吗
为什么想要拍照
也许还想告诉你

只是
不缓也不急
刚好地铁经过

五 行

世人的爱情由火构成

你的爱忧郁成海

凡是

海的沉静

海的汹涌

海的阴郁

都会吸引你

命里属火的人会爱上海

命里属金的人会爱上呆

爱是天命

真心过犹不及

睡前故事

在星星运行的天空
我遇到了你
那是我们的教室
在那里你曾念过诗
我不会理你
可我还是会回到这里
你给我讲高山的意思
你说多一个字没意境的句子
一天的行程你可以说很多字

相遇于星星的位置
分离是星星的运行
所以应该愉快地说再见
一如每一个毕业的孩子

说过的话我都会认真做

和我们都爱的林夕喝茶
去英国见我最爱的作家
因为你没有退役而在纽约生活
因为你没嘲笑我
说过的话我都会认真做

你就不要想起我

听歌

三遍

你就不要想起我

此刻你在微博

听歌

点赞

你就不要想起我

喜欢的歌里

不知道哪里收集来的

像个疯子

你寥寥的关注里

多了打扰一下乐队

完全不紧张

会与你走失

只管爱我爱的事物

一抬头就是你

感　应

默默地感应
你想对话的心情

你对我说的事情
又放在微博中

你在做什么
没有公开说

与我交谈之后的还想交谈
与我沉默之外的私下快活

　　　　　　　　　　你也能感应
　　　　　　　　　　我的氧气不再供应我
　　　　　　　　　　犹如在你生病的时候
　　　　　　　　　　也未曾担心你

　　　　　　　　　　一个孩子总是不担心另一个孩子
　　　　　　　　　　扬扬得意
　　　　　　　　　　是我们最爱做的事情

晚安丹佛早安北京

你将花的种子
吹进我的耳朵
听说这种花
靠听觉存活

有人说
天使赠送种子
魔鬼出售养料

也生长在春风中
也生长在大雪中

四月开的花
靠听觉存活

晚　安

你晚安得很决绝
看我撇嘴的表情

你还是晚安了
我也只好晚安了

想到让你得意扬扬
那心情一定很好
突然又开心了

新年快乐今天对你说

配速 9

在跑步机上深呼吸

你以为我有点累

其实

我最需要深呼吸的时候

是我第二天的飞机

你今日对我说

旅途快乐

天 分

有天分
福尔摩斯·玥
什么都猜得对
没天分
你伤透了心
还是写不好一首情诗

真爱时差

可以在你睡着的时候
默念情话
可以在你醒着的时候
安心睡着
是先到五月
等四月的人来
是过完圣诞节
又是圣诞节

明明全是你

记错的时间
飞机
划过
北京
阴霾的天
这座城市里
我没有见过你
可这是买樱花杯的地方呀
这是每天你看见的路口呀
这是每晚和你早安的跑道

这座城市
你待了两年
就像我熟悉
布雷肯里奇

今天是首欢快的歌

唱晴天娃娃

气氛融洽

才反应

这就是最好的时刻

我正想着你

你也没想别人

所谓幸运 1

譬如
爱恋同牙一起生长
从此不断告诉自己
隐隐作痛的
不过是长牙

所谓幸运 2

你发现
你只认识一个人的时候
喜欢的人
你认识一千个人的时候
最喜欢的人
是同一个

也　许

在不同的时间
空间有秘密
当街道一一重叠
我坐的位置
刚好是
你的身边

对自己诚实

这个世界上
没有必须要做的事
只有当你不想念我
请不要来看我
无论我困难生病
或者死亡
希望你对着我的每一刻
都是因为最想念我

保护者

这个世界

总有人为它变好

不遗余力着

就像爱情

总有保护者

比如今日

在你即将和我一个城市的时刻

买一张飞走的机票

这一次

见不到

还要赖在距离头上

睡前故事

住在有捏雪球机的地方
靠心有灵犀就能活
你说
那是小时候说过的话
有一天你会来找我
在有捏雪球机的地方
你说
那才不是孩子说的话

智慧如我

看你

为简单的钢琴曲着迷

我疯狂地

问了郎朗的小时候

郎朗说

四五级的歌曲

你也可以的

我相信

好的就是好的

我们都有左顾右盼

扬扬得意的时候

如果故事只是

你爱我

我爱你

也是傻傻的

奉为圭臬

我就默默想念你
不怕你此刻在想谁
因为
这个世界公平
所有人和事
都是想的最多者得

如果口袋里装满理由

在下一个路口
你猜
是你先走
还是
我先走

将我变成我

爱听你唱歌
现在我听自己唱歌
循环一整天
发现还不错

以前问你训练累不累
现在健身房
每个人都知道我
是能跑 8 公里的女孩子

你可爱的表情
深情的眼睛
现在我只需自己看自己

谢谢你有我喜欢的样子
让我变成我

烟　火

客厅放着这首歌
我从睡梦中醒了
各自走一段
才能焕然一新的相遇

少年的爱

落、柔、荣
不知道为什么
就觉得好听
有时候
一个名字
就赢了

轨　迹

希望你遇到我

在舞蹈课堂

在健身房

在书店

在音乐厅和校园里

就像

我为了遇见你

看过这世界上所有的雪

和你说话喝西北风就能活

你一句晚安
我第二天走了 20000 步
你没回微信
我连厨房都走不过去了

为什么要想念

想念你的时刻
我记住了阳光的位置
记得风的颜色
记得耳边的歌
那些记得
才是时光

找不到

在你在的地方
也遍寻不到你
可见
人在不在一起
又有什么关系

我的心情你念给我听

你想的小节目
读诗给我听
若不是时间被记录
还以为我说的事情
是因为你说

我偷偷做的事情
偷偷的心情
被别人写出来
被你喜欢
被你当作
我不明白

你是少年的欢喜

你写在标题
星星说
困扰你一冬天的事情就要过去
回忆封箱

满心欢喜
想要飞去
成为你遇见的第一位
在你新的年纪

我的月光宝盒

补了卡

开机

每一部手机都完整地记录着某一年

那一年

是爱跑步的我

是爱跳舞的我

是未说完的对话

你说

这么晚还没有睡

今天

我接着说一句

你回了"晚安"

如同那一年的样子

真相是时间的孩子

总觉得该暗恋你一阵子
来向自己证明
即使没有回应
也很喜欢你

喜欢这种事
首先要自己看得清

爱你就像周而复始的感冒

据说运动治感冒
跑了步
冲了热水澡
然而
又走进大风里

如果循环总是完整的该多好

每年这个时候

草莓出现

我会感冒

开始跑步

开始舞蹈

你又陷入

深情的渡口

找不到出路

又心疼你

只是这一次

无能为力了

知情者

我把想说的话都写在纸上
然后
面对你
一句话都不说

爱退缩的人

视而不见你所有热闹
你比赛时
一定很多人围着拍照
你生日时
一定收到回不完的祝福
你住院
有人陪你朝夕帮你倒水
那些我想做的事

看你郁闷时
深情要致死
才敢和你说说话

听歌入眠

一个人的时候
我只敢开着灯

关灯第一晚
放你唱的《可乐》
看你新的照片
你从不把一样的照片
在不同的地方都放一遍

打开的时候
304 次被收听
醒来的时候
351 次被收听

很久很久以后

在一座山与另一座山之间
我们用沉默装点心照不宣
背道而驰的风推着我们向前
在渐行渐远的路上
我兴高采烈

我知道
这一路不会遇见你
但我怀揣预言
山顶与山顶的人
互相看得见

十七岁

有的人的十七岁
是第十七年
有的人的十七岁
是遇到你

十七岁的我
不能总结人生
但可以
总结爱情

春娇救志明

做得好不好
是不是重要
你那么努力过
我也全看到

我们做了很多事情
有点糟糕
我们爱得
不那么巧妙
可是越来越是你
那些笨拙
那些幼稚
那些努力又糟糕
都是傻傻的你
爱着傻傻的我

一百种相遇

电影一整部
也只是演相遇

你我都喜欢
相遇的神奇

那正好
正好我有很多种爱好
笔下奇遇记
冰雪尼克号
丹佛的舞蹈
从默默无闻到做到最好
一种身份
不倚仗另一种身份

你还是你
遇到一百种我

丢失了长期记忆的人

关注的事情太多
我丢失了长期的记忆

有个人唱歌真好听
有人回头好深情
有人滑雪第一名
这个人看起来有爱心
没有了长期记忆的人
却可以一直喜欢一个人

褪　色

今天你在我的世界有点褪色
新换的头像不好看
话语没颜色
我的爱情有点儿苛刻
但对你有没有回应
也从未关心过

如果说
你是上帝派来的优雅
只要依然唱着勇气之歌
了解这个世界上最缤纷的颜色
是缪斯在人间借来的双手
这感情便不会褪色

话外音

你说你在谈恋爱呢
你说我总说没用的
你说对方很害羞呢
你谢谢今晚的陪伴
却放了可惜没如果
那心思我竟然听懂了

于是
我欢快地
飞走了

时光很短默契很长

爱是过往那场洪水决堤
是为了感应你
过分吸收的地球引力
是忽然天晴又忽然下雨
是走着走着就几万里
是夏天呼出的哈气
是回不去的布雷肯里奇

这片森林也曾有过太阳和月亮
曾有精灵在夜晚吟唱
也有露水敲醒睡懒觉的花儿
如今你移向别处的目光
让这里从此异乎寻常

谁让你
爱的领域偏要少年执掌
左顾右盼自然平常

让我的左眼从清晨移来
让我的右眼在傍晚接上
只要你的少年性情未变
这片森林将会恢复往常
这里没有疑问没有哀伤
不过是一段各自成长
两只小鹿又开始嬉戏乱撞
分享秘密直至披上霞光

如果青春都是没结果

想和你没心没肺去过
埃菲尔铁塔
和你度过长长的夏
听你聊最近的烦恼
每一次比赛的衣服
都由我挑

我喜欢你
只字不提

之 间

幸好幸好
在你要走的周末
才问你什么时候来
没有了时间
可以治疗
蠢蠢欲动的我

第七奏鸣曲

这个地方的阳光
再也无法激发我起床
也许我该换个地方
那里有郁金香
还有赤色头发的男人
他衣衫褴褛
但手里有画笔
眼里有火光

六 一

如果你能理解
你就能过好这一天

喜欢一个人
因为名字好听
不理一个人
因为某句聆听
忽然就开心
因为一杯咖啡
可以聊很久
不问你是谁

小孩子就是
每个决定
都理由简单

很久很久以后

在一座山与另一座山之间
我们用沉默装点心照不宣
背道而驰的风推着我们向前
在渐行渐远的路上
我兴高采烈
我知道
这一路也不会遇见你
但我怀揣预言
山顶与山顶的人
互相看得见

最大的烦恼是什么都猜得对

听你的语气

我能了解你在看的电视剧

管周围人叫老师

最近学生一定环绕你

用繁体

那句话一定与我没关系

安静的

一定是日常太温馨

我能猜对

你的一点一滴

你的热闹或安静

可我猜错了自己

以为殚精竭虑

写完这一本关于你的碎语

原来还可以再继续

我知道世界另一边

我在午餐
你在听歌呢

我的两点了
你的十二点

下午四点了
你在熟睡呢

晚上八点了
你该醒了吧

我要睡觉了
你在训练吧

我该起床了
你该晚餐了

随

就像
你爱一颗流星
也会留它在宇宙
你爱一首歌
也任由时光不带走
你爱着一个人
他也好好的
你还要怎样呢

不小心提到你

又是一场
一整夜
关于你的梦

我的回忆自己制造

我喜欢的地方
都带你来一遍
每个瞬间
可以从此重温一百遍
这座甜蜜的城
自己制造

不信你们都想要爱情

吸血鬼出现
你也不敢爱

一句话练习一百遍
一个小小反应
就让你难入眠

喜欢一个人
是自我折磨的开始
我才不相信
世人都想要爱情

看完《奋不顾身的爱情》那一晚

梦里的你
我在摇摇晃晃的电梯
你在书店最亮的光里
你身边是谁我没看清
无名火灼伤眼睛
找不到路
又下不了高高的台阶

了解你我不问问题

比起轻易的了解
我愿意有一个长长的过程
不问你的年龄星座和家乡
感觉会告诉我们对的事情

网易云

我说
你喜欢的歌都在天空里
如果你听过
有人喜欢的歌都在海里
我的呢
都在花园里
了解一个人
听他听的歌
就足够

我在我的路上看你在
你的街道出现

某个时间

全世界的街道

都会归为一条线

那时

我们将相见

这是空间的秘密

也许

我坐的位置

刚好是

你的身边

毕业之际

原以为要哭天抢地
却跑完了今年第一个八公里
笑着说"再见"
少年就是
不怕分离

你喜欢我什么

你问我的问题
朋友看了你
说我喜欢你的腹肌
你的动作
你的声音
你的脸
我说
你就是变成手里的杯子
我也喜欢你
因为你还是
那样思考
那么简单
那么对全世界都好

不 寻

清晨的某阵风
突然感觉到你
但我不会回头看
心能确定的事情
不需要眼睛再证明

想和你

和你一起晚自习
不心跳
不担心
和你一起紧张
明天很难的试题
被你牵着
跑长长的跑道
在音乐教室
弹钢琴给你听

自尊心过敏

让误会开成花
你心疼我的心疼
被我看作
你的推脱

你比赛的压力
被我以为
是不相见的五公里

直到你说
不想让妈妈担心
当你在生病

直到我看到
你的轻描淡写的行程
是绕着地球的归期

自尊心过敏
误会开成花
可花会结成果
一颗一颗
漫山遍野
你的真心

有没有什么让你不开心

我在阳光里
开心的表情

你的歌词里
谁是阴天的云
谁是待下的雨
倔强或安静
都是你的不忍心

不开心
怎么此刻是开心

一个写悲伤的小说家

在艰难晦涩的路上
对每一次伤心感天谢地

在悖论的时钟里
你划过温暖和灵感
到达一端就远离另一端

爱成了一个点
不能往前一步
也不能后退

破解了爱的秘密

你被阳光吸引
还是阴影

阳光里的人
偏爱多云
就像黑暗里的人
对阳光好奇

那些默不作声
那些静静的疼
没有表情
没有声音
怎么越过生动
怎么引起共鸣

曾以为爱是科学
是规律

可你偏爱心疼在疼的人
没有表情的感情
你总是看见
最大沉默
你能听见
离你最远处
最想靠近的心
你能感应

这个世界平衡
阳光里的人
偏爱多云

深情破

我越得过门第之见
越得过地球两端
我能克服睡眠
我能修改懒惰

可我越不过
你儿时遇到的温柔
越不过你的性格
一旦爱一个人
就要到永久

你最喜欢的

我说我爱聊天气
人们说
那是你不了解别的话题
然后我去了很多地方
有各式各样的话题
我还是最爱聊天气
只是
下一次
在我喜欢的事情上
我变得坚定不移

你的笑很解围

舞蹈课堂
所有人旋转

不知所措
我怔怔直立
你会善良的笑
还会慢动作分解

被关心的笨蛋
也可以心安

冰　山

把这次失联
看作是
一次沉船事件
取消置顶

开始
一点一点下沉
直到看不见
捞不回

小美人鱼

在你身后
练习
模仿
练习

你的动作
一遍一遍
划过时间
我的心情
一天一天
装进泡沫

一天一颗
装满教室

我们隔着时间
以我手贴你手

待我消失
别怀疑
空气里
每一个泡沫里
都是你

后　记

　　我写作的平台，读者点赞的时候可以定位自己的城市。写到后来，每天最有意思的事之一，竟变成了看到我文字的人与我呼应。如天上的星星，看到我，然后亮一下也让我发现你。我知道了好多地区的名字，比诗歌还好听，三个字蕴含着各自的故事。

　　我相信一样的人终会相遇，谢谢你们先认出我。

鞍山市　铁东区

北京市　昌平区

北京市　东城区

北京市　海淀区

成都市　郫县

大理白族自治州

广元市　苍溪县

广州市　天河区

广州市　越秀区

哈尔滨市　松北区

济南市　市中区

荆州市　荆州区

娄底市　双峰县

绵阳市　涪城区

南京市　鼓楼区

南京市　建邺区

宁波市　鄞州区

平顶山市　新华区

秦皇岛市　抚宁县

厦门市　集美区

厦门市　思明区

商洛市　山阳县

上海市　浦东新区

上海市　青浦区

上海市　杨浦区

深圳市　南山区　光行路

十堰市　茅箭区

石家庄市　鹿泉区

朔州市　山阴县

苏州市　常熟市

苏州市　虎丘区

太原市　小店区

温州市　龙湾区

温州市　瑞安市

乌鲁木齐市　天山区

Epalinges chemin de la Caboletaz

无锡市　滨湖区

无锡市　锡山区

武汉市　蔡甸区

西安市　碑林区

西安市　未央区

西安市　雁塔区

咸阳市　渭城区

忻州市　代县

忻州市　原平区

新乡市　红旗区

新乡市　原阳区

徐州市　鼓楼区

徐州市　泉山区

徐州市　云龙区

延安市　宝塔区

长春市　宽城区

珠海市　金湾区